ダイコンノハナ

菅谷寛子
SUGAYA Hiroko

文芸社

ダイコンノハナ

今年の夏は特に暑かった。加えて、大雨、台風、突然の停電、スズメバチの襲撃。北関東の長閑《のどか》な田園地帯、築四百年は超える朽ち始めた民家。そこに住む者にとって、心安らぐ暇はなかった。母屋のすぐ裏手にある欅の大木が、朽ち始めてきた。下の方の大枝の芯に空洞ができ、大雨が降っている最中に、母屋の屋根すれすれの所に落ちてきた。一歩間違えれば屋根を直撃、中で眠っていた私の命も危うかったかもしれない。音も聞こえなかったので、私は母屋の中に居たのに全く気づかず、朝起きて景色が違っていることに気づき驚いた。

私の胴周りほどの太さの大枝。欅の木の根元には十坪くらいの茗荷《みょうが》の生える庭があり、翌日あたりから茗荷の収穫ができるぞと意気込んでいた。出鼻を挫かれた悔しさはあったが、屋根も自分も無事でよかったと胸を撫でおろした。

それに加えて、一匹だけ飼っていた猫が昨年彼女猫を連れてきて、納屋の奥の方で三匹の猫を産み、その娘たちがまた数匹ずつ子猫を産み、棲みついた。

その当時、私の膝は思うように動かず、その彼女猫や子猫たちを追いかけたり、捕まえることもできずにいた。居場所を探すこともなかなか叶わなかった。餌の時間だけもの欲しそうな顔をして寄ってくる。私と目が合うと、餌をパッと銜《くわ》えてすぐ逃げる。餌を与えないと、近所に出向いて悪さをするかもしれない。

今年から、私は年金がいただけるから、行きたい場所やお世話になった方々に会いに出かけようといろいろ計画を練っていた。しかし、泊まりがけの旅はなんとも難しくなった。高齢期に突入した年に、こんな未来が待ち受けていようとは想像すらしていなかった。

昨年の暮れに、三十年以上も別居していた夫から、突然手紙が届いた。次女の結婚が決まり、婿を迎えるにあたり、私の籍が邪魔なので速やかに抜いてほしいという内容が記されていた。私の籍を抜けば、次女の御相手は婚家に養子として入ってくれるという。私は次女に会って話を聞きたいと返事を書いた。

きちんとした理由も聞かれぬまま、私は理不尽に婚家を追い出され、幼い娘たちと引き離され、この三十数年間、実家に身を寄せていた。私が亡くなるまで、本籍も住民票も、婚家に置いたままにしておこうと覚悟を決めていた。父の妹である叔母の知り合いの弁護士を頼り、裁判所へも何回も通った。しかし裁判所での調停も、勤め人の母親は、家で仕事をする父親より不利と見做《みな》され、娘たちを引き取ることは難しいと、不調に終わった。裁判所長も担当してくれた職員も、時を待ちましょうと私を説得した。それから三十年以上の月日が流れていた。

大学卒業後、役所に勤務していた私は、お見合いで結婚。二十八歳であった。当時この職場にこの年齢で未婚の女子は殆《ほとん》どおらず、嫁に行くのが当然という風潮があり、主体性の乏しい私は、恋愛しておつき合いする人もなく、焦っていたのかもしれない。そもそもこの結婚は、夫の父が決めた結婚だった。私には下に弟や妹も控えていたので、父も母も親戚中が大喜びだった。結婚が決まると、周りはこれほど喜んで優しくしてくれるんだと、幸せな未来に向かって私の心は弾んでいた。

ところが、お見合いの直後、夫の父が大腸がんを患っていることが判明した。結納が無事済んで、がんセンターに入院することになった。義父となる方のために、自分も何か役に立てることがあるだろうと、この結婚を白紙に戻すことは全く考えられなかった。

夫は、私と見合いする少し前に勤務していた東京の会社を辞め独立。実家に事務所を構え仕事をし始めたばかりだった。結婚式の日取りや招待者の選定等準備もあるし、義父に付き添う義母の病院への送迎も担っていたから、夫は心身ともにとても苦しい日々を過ごしていたと思う。

結婚式の約一か月前、義父はあの世へ旅立った。私が義父と生前顔を合わせたのは、お見合いの時、結納の時、そして入院中の義父を見舞った時の三回だけ。薄暗い病室に入ると、紫色の素朴で可憐な花が無造作に生けられていた。野の花、何とも愛らしい。私が花瓶に生け替えようとした時、義父がその花の名前を弱々しくなった声で教えてくれた。

「ダイコンノハナと言うんだよ」

義父と二人だけの空間。図らずも、これが義父が私と交わした最初で最後のことばになった。五月末の蒸し暑い日、義父は還らぬ人となった。

　義父の葬儀や法要が慌しく営まれた。既に夫と私の結婚披露宴の通知等も出してしまっていた。嫁ぐ前から、私は婚家の親戚等にも挨拶をした。葬儀や法要には喪服を着て、夫の傍に座らされた。嫁ぐ前から既に喪服を準備していたと嫌味を言う声も聞かれた。嫁入りの際に喪服は持たせるものとの風習があり、実家の親が私のために用意しておいてくれたものだった。

　弔問の手伝いもどうにか務め、葬儀の場に慌てて行くと、私の隣には、顔の知らない三十代くらいの夫婦が座っていた。夫には腹違いの義姉がいたのだ。義姉の存在や義父の遺産分与等、この後も、私には全く秘密裡《り》に行われていた。

　結婚式は葬儀の約一か月後、盛大ながらもしめやかに執り行なわれた。新婚旅行も近場の老舗ホテルに泊まることができた。いつかは海外にも行きたいねと、多忙だった日々の疲れを癒やし、明日への希望を見出していた。

当時の夫は優しく、まもなく長女、年子で次女にも恵まれた。子育ては得意ではなかった私でも、自分によく似ている顔つきや体格、仕草等愛しくてたまらなかった。義母も孫の誕生や成長を励みに、義父を失くした悲しみから、徐々に立ち直っていった。

当時は産前産後六週間ずつ休みが取得できたが、妻として母として嫁として頑張っても、人生焦れば焦るほどうまくいかないものだ。私の笑顔がどんどん減っていることを、実家の母や職場の上司は見逃がさず、大丈夫かと私を心配していた。欠勤は少なかったものの、職場には度々遅刻して、上司や先輩方に多大な迷惑をかけてしまった。職場を辞めようかと夫に相談しても、何の返事も得られず、夫との会話はどんどん減っていった。

その頃から、夫が椅子やテーブルを投げつけるようになった。地域の桜まつりの宴会から酔って帰宅した彼は、娘たちの見ている前で、いきなり私の顔や頭を拳骨《げんこつ》で殴りつけた。何回も、何回も。泣き叫ぶ長女。何故殴られるのか、その時は全くわからなかった。この家にはそぐわない嫁、働く女は不要ということか。ぼこぼこにされた私の顔と頭は、お岩さんか大仏様のように腫れあがっていた。その頃はまだ家庭内暴力（DV）ということばも一般的ではなかった。義母は夫が私を殴るその様子を見ても、止めるわけでもなく、見て見ぬふりをしていた。その冷たい視線を見た時、娘たちを連れて、実家に逃げて身を守ろうと考えていた。

それから四日後、娘たちの母子手帳と当座の娘たちと私の着替えを持ち、長女が通う保育所に出向いて早退させ、次女を背負って、逃げるように実家へ向かった。途中遊具のある公園で、長女と次女を抱っこしたり、大きな声で歌を歌ったりして、私なりにめいっぱい遊ばせた。婚家では私が娘たちを外で遊ばせることを嫌がっていた。

携帯電話もない時代、娘たちと実家に着くと、夫が凄い形相で玄関に立ちはだかっていた。

「帰るんだ!!」

と夫。私は

「まだ帰れないよ……」

としか答えられなかった。夫からの暴力の衝撃で、私が抵抗できるのはこれが精一杯だった。夫はすぐさま私の手から娘たちを引き離そうとしたので、長女の小さな身体は引き裂けそうだった。私は思わず、自分の手を離してしまった。

「さあお前も」

と次女を連れていこうとしたが、次女は
「ママがいいー」

と私に抱きついてきた。夫は長女だけ連れてその場から立ち去った。

実家に次女と身を寄せて三日が経った。その間次女は、

「お姉ちゃんと遊びたいよー」

と私を困らせた。私が職場に報告、対応をしてもらっている隙を狙って、夫は次女を実家の父や母から取り上げて行ってしまった。すぐさま私も婚家に出向いたが、玄関の鍵はぴっちりとかけられ、真昼なのにカーテンまで閉められ、叩こうが喚《わめ》こうが一向に応じてもらえず、粘りに粘ったがやむなく実家に引き揚げた。

実家の父は、夫の強引さに呆れ、

「俺はあきらめた」
と言って、婚家に出向くことはなかった。母は、二日後に私と共に婚家に出向き、謝りを入れてくれた。私も玄関先で、生まれて初めての土下座をして謝ったが、夫は
「お父さんは謝りに来ないのですか？」
とピシャリ。全くもって取り付く島がなかった。次女はまだ母乳を吸っていた。私は三十二歳になっていた。

退職願を携えて職場の上司宅に伺うと、
「いつでも提出はできるから、私がとりあえず預かっておくから」
と言って、上司は保留にしておいてくれた。

虚ろな気持ちのまま職場には休まず出勤していた。仕事を終えて実家に帰ると、ただぼーっと過ごし、夜は婚家の方角に向かい、娘たちの名前を叫んでいた。涙がとめどなく溢れ、夜中も涙の渦で枕がびちゃびちゃになった。土日のショッピングセンター等の賑わいは、私の心を一層暗くした。親子連れの姿を見ると本当に辛かった。

その後度々婚家に向かうも、玄関の鍵は取り替えられ、いくら叫べども、扉やカーテンが開くことはなく、無視され続けてきた。

仲人さん、弁護士さん、裁判所の方々にたくさん相談を受けてもらったが、私はどうにも自分の心の内を納められずにいた。心はズタズタに引き裂かれ、スカスカのぼろ布のよう。弁護士さんからは、

「あなたは今、心が病んでいるよ」

とはっきり言われてしまった。

私が娘たちを引き取ると、娘たちの環境を変えることになり、あなたは今のところ不利であると裁判所では示してくれた。裁判を行なわず時を待ちましょうとの進言もあり、離婚せず、住民票も戸籍も動かさず、時が過ぎていった。

結婚するまでは、順風満帆《じゅんぷうまんぱん》だった人生。その後、自分に何が足りなかったのか考えた。有名な臨床心理士の先生の講演会に行ったり、親友に話を聞いて慰めてもらったり、その分野の本を読んだりと、いろいろ試みたが、心はいつも落ち着かなかった。

頭には娘たちのことがこびりついて離れなかった。

　折にふれ、娘たちに平仮名で葉書きを書き、下着や衣類、おもちゃ文房具等婚家の玄関先に届けたり、宅配便で送ったりした。職場に出入りするボランティアさんの中に、私の境遇を心配し、手作りの子ども服を縫って届けてくれた人がいた。七五三のフォーマルドレスも縫ってあげると言ってくれた。深緑色の別珍のドレス。衿と袖口には可愛らしいレースが付いている。長女と次女、サイズ違いのお揃いである。出来あがったその作品を見て、私は嬉し涙をこぼしていた。バッグは共布で私が手作りした。黒のフォーマル用の子供靴や白タイツも添えて、この服がくずれないように箱詰めし送ったこともあった。母としてせめてもの思いだった。

　だが、それらの私の思いは、見事打ち砕かれた。それらの荷物は十数年も経ってから、一気にまとめて送り返された。ダンボールの数は三十箱以上もあった。しかし何故か、初潮の頃の生理用品とブラジャー、その頃流行したモーニング娘のCDだけは返ってこなかった。

　仕事の合い間に、時間を作れそうな時は、私は娘たちの学校の行き帰りに顔を見に行った。突然の私の出現に娘たちはびっくりして、ダーッと逃げ出すこともしばしばあった。小学校や中学校の運動会や卒業式には、学校の先生方にお願いして校内に入れてもらうこともあった。長女も次女も、両親の仲がうまくいかない境遇に負けたくなかったのだろう。担任の先生方はよく頑張っていますよと娘たちを褒めてくださった。

夫は、私とのコミュニケーションは全く取ろうとしないが、子育ては上手だったと思う。そういえば、夫と私が長女の身体を引っ張り合ってしまった時、激しく言い争いをする中で、

「俺が産んだんだ!!」

と声にしたことを思い出した。義母もまた内孫である娘たちを背中におぶって、毎日食べさせてくれた。目の中に入れても痛くないほど可愛がってくれたのだろう。

私はどうしてこうも子供に縁が薄いのか？　他の多くの親子を見るにつけ、いつも思い悩んでいた。幼少期に父や母にかまってもらえなかった境遇にあったことが原因

としてあるのかもしれない。

私には、父や母に抱っこしてもらったり、遊んでもらったたという記憶がない。父と母は朝から晩まで農作業、孫の面倒を祖父母がみるという日常で、四つ上の姉、私、三つ下の弟、五つ下の妹の四人の子のために、いつもよく働いた。子供たちも小学校に入る前から家事の手伝いをするのが当たり前。父や母や祖父母も、手のかかる姉や弟に目は行くが、私と妹は、危ないこと以外は放任。祖父母は私たち孫を可愛がってくれたし、遊び方や生き方を教えてくれた。しかし父と母は、私がテストで満点を取っても、通知表に関心も寄せず、私に対してはどうでもよいような素振りだった。私は幼少の頃から所謂《いわゆる》いい子ちゃんであった。父や母に反発のことばは返しても結局は言うことをきく子供だった。中学校でも部活にも入らず、授業が終わればすぐに帰宅し、風呂炊きや夕飯を準備した。夏には畑の野菜を穫り、秋は芋や栗も収穫するような子であった。土曜日の半ドンの午後には町の中に自転車で食材を買ってくるような生徒だった。

そのせいか、私は家事を優先してしまい、自分の子の世話が不得意だった。思ったように眠ってくれない。抱っこの仕方もちぐはぐ。母として自分の子を育てるという感覚は、かなり薄かったかもしれない。長女のことも次女のことも他のどの子よりも愛しいのだが、うまく子育てできない自分が歯痒くてたまらなかった。体力も使い果たし、娘たちより先に眠ってしまう毎日、布団に入るとすぐ朝が来てしまっていた。

大学受験は、東京の私立の女子大学に辛うじて合格した。生物の授業が大好きだったが、他の学科はあまり振るわず、生物で受験できる栄養学を専攻した。

学生寮には五百人近い学生が全国から集まっていた。素晴らしい先輩たちが待っていてくれた。全国津々浦々の話を聞くことができた。大学へは約一時間かけて、地下鉄やＪＲを乗り継ぎ通った。東京の街、桜、新緑、高層ビル、大学の高層階に鳴り響く高速道路の車の雑音さえ刺激的であった。大学でも寮でも、先輩もクラスメイトも同級生も後輩も、各々ピュアな感性を持ち、私の頑なだった心が、どんどん開かれていくのがわかった。私の心の内を全て話せるソウルメイトも何人かでき、あと一歩頑張れる勇気をもらえたことは確かだった。

授業は単位を取るために休まず出席。教授のテストの出題傾向から、ファッションの流行、恋愛、安くておいしい店などアドバイスもたくさんいただけた。その中でいちばん印象的だったのは、どこの親御さんも、娘の進学のために、食べる物や着る物を切り詰め、汗水を垂らして働き、この大学で学ばせてくれているということを、皆口々に言っていたことだった。わが子に勉学だけでなく人生を学ぶ楽しさを体験させたくて、ひたすら働いてくれていたのだと気づくことができた。とにかく楽しい学生生活が送れたことだけは、この年齢になっても父と母に感謝し続けている。

大学卒業後最初の二年間は、地元の県立の老人ホームに就職した。職員は、二十代の若い人は私しかおらず、新人いじめを感じることもあったが、毎日自宅から三時間の往復で頑張った。管理栄養士の資格も得られたが、死を間近に控えた入所者さんの表情は虚ろで、自分の力で、自宅で最期を迎えられることがどれほど素晴らしいことか、人生の有り様について考える機会になった。各々輝かしい過去を持つ入所者の方々、食べる物も寝る所も何ひとつ不自由はないが、家族が見舞う姿など殆どない。

身寄りのない方は、そこで亡くなると市の共同墓地へ葬られる。新人の私でも、そういう場に立ち会うこともあった。人生ってわからない。亡くなり方もひとりひとり皆違うのだ。

私が所属した部署の調理師さんたちの休んだ分まで手伝おうとしたら、残業代が減ってしまうと他の人たちから言われ、人間関係が難しくなった頃、地元の役場の管理栄養士が急に退職することになり、私に、「どうだ、受けてみないか」と誘ってくれる人があった。面接してもらい、どうにか採用してもらえることになった。

町役場の保健部門、管理栄養士の専門職として頑張った。替えのききにくい環境で、部署の移動はないが、同業種の補充や増員は望めなかった。規模は小さいけれど、様々な地域や組織の人たちと出会い、今抱えている現状や課題に一緒になって考え取り組むことは、とてもやり甲斐があり、私にとってここは天国、天職に恵まれたと感じていた。それでも幼い娘たちを家に置いて、早朝出勤や夕方の残業に向かう時は、わずかな時間でも辛かった。自分だけ仕事から取り残されそうな不安感と、自分の子を守る義務感との軋轢《あつれき》で、私の心はお手上げ状態だった。通勤は車で片道三十五分。

田舎道をいつもスピードオーバーで出勤していた。

子育ては、夫や義母がかなり助けてくれていると心から感謝していた。私は仕事にも家庭にも完璧さを求めていた。『まあいいか』という開き直りができればよかったのに……。二兎を追う者一兎も得ず、仕事も子育てもどちらも物にならず、婚家の家事をこなすのが精一杯。腑甲斐《ふがい》ない母、妻、嫁。体力も気力も消耗し、私の頑張りは裏目裏目に出て、夫とは到底カバーし合える関係にならなかった。夫も疲労困憊し、私と交わすことばも持てず、娘たちのことしか考えられなかったのだろうか。


婚家を追われ、宙ぶらりんの生活、まるで根無し草のようだった。地域のたくさんの方に私の境遇が知れ渡ってしまった。それでも激励のことばも、たくさんいただけた。

「あなたは今、自分のお子さんを育てられないけれど、この地域の子供たちをたくさん育てているじゃないの」

「お金の成る木を育てなよ。あなたの娘さんたちは将来お金を持っている方に来るよ」

かっての経験を引き合いに出しながら私に諭してくれた。皆、人生の大先輩である。私はアハハと笑いながら、心の奥底で涙をこぼしていた。ああまだ涙は残っていた。

そうだ、娘たちは今私の傍に居らずとも、娘たちの周囲には先生方もいる。優しい地域のお父さんお母さんもいる。給食室ではおいしい料理を作ってくれる。たくさんの方々と触れ合ってお世話になって心も体も成長していけるだろう。かっての自分がそうだったように、私譲りの逞しさと明るさがあるはずだと不思議に自信が漲《みなぎ》ってきた。

私が少し落ち着きを取り戻したのは、娘たちが小学校に入った頃だろうか？　仕事柄、健康のために、週一回、地元の公民館で体操の講座を受けていた。この健康体操の先生や、年齢層もばらばらな練習生同士の温かさで、私の身体も心も上向きになっていった。

仕事が休みの日には、実家の庭や畑の草むしりもした。あとからあとから生えてくる草、名前も知らない草もたくさんあった。季節毎に、雨が降る毎に、別の種類の草が生えてくる。これらの草の逞しさは、私にある教訓を与えた。踏まれても刈り取られてもまた生えてくる。私も人生のどん底は味わった。あとは上に上がるだけと開き直った。

自分の好みの花や野菜の種や球根を買い求め、実家の庭の片隅で栽培した。収穫した野菜を調理し、花は仏壇に供え、娘たちの健康や安全を願った。時には蛇や蜂など苦手な小動物にも遭遇した。それでも太陽の光を浴び身体もよく動かしているので、夜はぐっすりと眠れるようになった。少しずつ充実感が生まれてきた。義父から名前を教えてもらったあのダイコンノハナの種も半分日陰の庭の片隅に蒔いて、春が来るのを待った。

夜には婚家のある方角に向かい、星を眺めながら、娘たちに元気で頑張れよと遠くからエールを送った。

実家では、跡取りである弟が結婚し、敷地内に新居を築いた。父もローンを組んで、弟夫婦のために金銭的援助をした。六年越しに甥も生まれ、その三年後にもう一人甥が生まれた。夕食は母屋で父母と私、弟家族も毎晩一緒に食べた。甥の風呂入れや食料品の買い物等、私もかなり役に立ったと思う。部屋代は出さなかったものの、食費や父母の身の回り品、母屋の家電品の購入等、かなり私も援助した。

甥たちに手がかからなくなってきた頃、私はアパートでも借りて出直そうかと物件探しを始めた。その矢先、母が大腸がんを患い、長さ三十センチメートルほど大腸を切除する手術を受けた。毎晩仕事から帰るとすぐに、洗いたての洗濯物を届け、母に顔を見せた。なんて親孝行な娘、自分の子育ては何ひとつ果たせていないが、出戻ってまで母孝行するなんて、母には十分尽くせているよと感じていた。母は近いうちにあの世に行ってしまうのだろうか？　病院へ向かう道すがら、カーラジオから流れてきたのはラヴェルの『ボレロ』。曲が流れると、不意に涙が私の目から流れ溢れ出した。体中の水分が全て出てしまったのではないかと思えるほど、私は涙の川の中にいた。病院に着き、母の病室の前で、涙で腫《は》らした眼をハンカチで拭った。母にこの涙は見せられないと、明るく笑って病室に入っていった。涙が出尽くしたら後は前に進むだけ。今は母のことを最優先に考え、やれることは悔いなくやってあげたいと思っていた。

父の妹は、私を婚家にあてがった張本人である。親戚中でいちばん発言力もあった。実家にもよく訪れ、私たちきょうだいの面倒も内に外によくみてくれた。母の退院が決まりそうな頃、この叔母が私たちに言った。

「いつお母ちゃんの葬式ができてもよいように、この古い家をリフォームしなくちゃね。このままじゃ葬式も出せないだろう」

その当時、この地域に葬儀専用ホールなど無く、自宅で葬儀を出すのが一般的だった。確かにこの古い家では段差も多く、退院してきた母が歩くのも一苦労だろうと察した。だがリフォームの費用は誰が出すの？　父は弟たちの家のローンで精一杯。姉も最初は負担すると言ってくれていたが、結局、私と弟で負担する羽目になった。母が入院する前から、婚家から私の嫁入り家財も送り戻されていて、玄関の土間をかなり占領していた。家財を運ぶ運送会社の業者に、私は受け取れないと何度も拒否したのだが、とうとう根負けし受け容れざるを得なかった。箪笥三棹、下駄箱、冷蔵庫、電子レンジ、衣類乾燥機等、婚家にとって目障り以外の何ものでもなかったことだろう。実家にとってもそうだった。実家の親の思いを私は十分わかっていた。この実家と婚家の見栄の象徴を、私は捨て去ることもできず、これらを収容する場所を作る必要があった。爪に火を灯すようにして貯めた私の蓄えは、実家のリフォーム代に消えた。手元には、かき集めても三十五万円しか残らなかった。おちおち病気にもなれないと感じていた。アパート探しも、もう無理と諦めた。

古い実家のリフォームが終わり、段差も随分少なくなった。明るい風呂やトイレ、そして台所、私たちの甲斐甲斐しい介護もあって、母のがんは五年を経過し、担当医師からはもう大丈夫でしょうとお墨付きのことばもいただいた。私はやっと解放された、母に対して十分すぎるくらい親孝行ができ、恩は返せたと思っていた。母とはたくさん色々なことも話せたし、母の葬儀用の遺影写真まで、母と一緒に準備しておいたくらいであった。

「今がいちばん幸せだよ」

と母はしみじみと呟いた。

ところがである。母はそれからまもなく、今度はクモ膜下出血を発症し、寝たきり人形になった。倒れる一週間前、私が母と一緒に片付けをしている時、突然私に向かって、

「お前は婚家に帰れ」

今思えば、それが母から私への遺言であった。私はびっくりして泣きながら叫んだ。

「何でそういうこと言うの。できることなら、とっくの昔にそうしているわ」

婚家を追われて以降、父や母のため、実家のために、身も心もお金も使い果たした。農作業の手伝いや、父や母の用事や病院の送迎まで私をこき使ったではないか。何を今さら婚家に帰れとは……

母はその後、入退院を繰り返し、要介護5の意識のない寝たきり人形になった。もう私の身体から涙は出なかった。

介護保険制度がその頃からこの地域でも知れ渡り、利用者も増えてきていた。母はそれこそたくさんの介護スタッフの方々にもお世話になった。ケアマネージャー、訪

問医師、訪問看護師、訪問ヘルパー、介護福祉士、訪問薬剤師、介護業者さん等、病院でなく自宅介護の母を中心とした一大トータルプロジェクトチームが、母や家族を支えてくれた。敷地内の弟夫婦の段差の少ない家で、母は介護ベッドを借りて、約三年半を過ごした。

まだ小学校にも上がらぬ甥たちを抱えての介護は、弟夫婦にとっても一大試練であったことだろう。特に夜中の体位交換や痰《たん》の吸引などは、看護師である義妹の存在あって成し得た賜《たまもの》であった。もう感謝しかなかった。母は晩年内孫にも恵まれ、意識は無くとも穏やかな顔をしていた。甥たちのドタバタ走り回る音も、とても嬉しそうに聞いているような表情だった。私も、母の山のような洗濯物は一気に引き受け、できる時にはオムツ交換、体位交換、清拭《せいしき》なども行った。何故か、母の口腔内の清拭や入れ歯の洗浄は抵抗があった。近くに住む姉や東京に住む妹は介護費用を多めに出してくれた。労力や経費を分担し、きょうだい四人、喧嘩をしている暇はなかった。

「お母さんは、こうして老いた身体を全て晒《さら》け出して、自分の産んだ子供たちに学びを教えていくんだね」

職場の私の敬愛する大先輩は、たまに母の様子を見に来てくれた。手足の血液循環を少しでも良くするようにと、私に摩《さす》り方を教えながら言った。仕事で地域のたくさんの高齢者に関わり、自身も自宅でお母様の介護を担っていた。

仕事から帰った私は、まずデイサービスやヘルパーさんが着替えさせた母のパジャマやバスタオルを母屋の洗濯機に放り込み、スイッチを回した。母のベッドに戻り、その先輩と母の脛《すね》や足裏を力を入れすぎないようにマッサージした。鼻からチューブで栄養剤が入っているので、母の身体はそれほど痩せてもいない。肌もすべすべ、娘の私より皺もない。むしろ髪の毛は黒々と伸び、無気味でさえあった。そんな母の様子を父は週に一度も見にも来ない。介護は子供たちに任せきりであった。

父の妹の叔母は、毎週のように母の様子を見にきて、何くれとなく身の回りの世話や庭や畑の作業を手伝ってくれた。時には、婚家の長女や次女の情報も仕入れてくれていた。この叔母の口癖は、

「人は誰でも、何がしか大変なものを抱えて苦労しているんだよ。お前らも頑張れよ」

にしても介護は辛い。自分の自由な時間が取れないのがいちばん辛い。その頃流行り出した韓流ドラマの、好みの一部分だけを毎晩見直し、私は床についた。純粋な恋愛ドラマは、心の底の無垢な部分を洗ってくれるような効果があったと思う。母をショートステイに預けられた時は、宝塚やミュージカルの華やかな舞台を観て英気を養った。チケットは、あの母の足をマッサージしてくれた先輩が調達してくれた。有り難かった。東京から実家に帰ると、ささくれだった私の心は平らかになり、介護されている母にも優しくなった。父に不満をぶつけることも少なくなった。夜遅く帰っても、父は起きたまま私を待っていてくれ、少し嬉しそうな表情をしていた。

「お父ちゃん、中学校で部活をしなかった分、今、私は健康体操や東京に行くんだよ。東京は移動研修だ」

いつも父のために、東京土産の高級和菓子を二つずつ必ず買って帰った。東京の街の匂いに触れると、私はいつも元気になった。姿勢も良くなり、足腰も鍛えられて、翌日からの仕事や母の介護に励めるのだった。

上京の際、観劇等の帰りにはいつも、新宿のある老夫婦のお宅へお邪魔していた。父の従姉妹の叔母様にあたる。私が婚家から追われたことを心配した父の従姉妹は、「気学」というものを勉強されているこの老夫婦の元へ行き、見てもらえと話を繋いでくれた。東京へ行く度に、私の身の上相談に乗ってくださっていた。この御夫婦は、満蒙開拓団として、とても苦労された経験があり、日本に帰ってから、親を失くした若い方たちの面倒をよくみながら新宿の地で成功を収めた方々である。たくさんの若い方から慕われている様子が、そのお部屋を見ただけでわかった。私に対しても本当に親身になって話を聞いてくれた。礼金も一切受け取らない。

「田舎のものがいいんだよ。手土産なんか買ってくるなよ」

私はヨモギを摘み、実家で自ら搗《つ》いた草餅を持参することもあった。この草餅など頬ばりながら、色々な話を毎回聞かせてくれた。この時間が、私の胸の奥底の芯の部分にスパッと刺さった。私の性分、今までの人生の歩み、父や母との相性、仕事、そして夫、長女、次女、義母との相性等、全くもって言い当てられてしまった。毎回おいしいお茶とお菓子をご馳走になり、これからの自分の生き方の展望について教示してもらった。挫けそうな時、この老夫妻のおことばがどれだけ前を向かせてくれたことかわからない。

「人生はひとりひとり皆違う。大きな波の波乱の人生。穏やかな小波の人生。あんたは男要らずの星なんだ。皆ね、何か足りないものがある。また恵まれているものもある。足りないものに固執せず、恵まれているものを存分に生かして生きていきなさいよ。娘たちはどちらも大丈夫。だから心配なさるな」

いつも頼もしいことばで、帰る私を見送ってくれた。

子育ては大きくなる様子も見えるから張り合いもある。介護は先が見えない。出口はあるのだろうか？　全力を出し切ると、皆共倒れである。余力を残しつつ、母の介護をすることに慣れてきた頃、母が昔丹精して作っていたササゲの種蒔きをした。母がかまえなくなった畑はもう随分と荒れていた。ササゲは御祝の赤飯に入れる豆で、夏に紫や黄の花を咲かせる。伸びてきたわき芽の蔓《つる》の芯を摘むとやがて立派な実をつける。

その芯摘みを教えてくれたのが、実家のすぐ近くに住むアサおばさん。母と仲が良く、私が生まれる前から家族同様のおつき合い。私の結婚式の時にも、実家の留守番をお願いした。私はこのアサおばさんには何でも話せた。

「私が実家に居ると、弟夫婦の悩みの種になっているんじゃないかな？」

と私が尋ねると、ササゲの芯摘みを私に教えながら、私にこう言った。

「嫁という存在はね、親を看て、下《シモ》の世話をして、苦労して漸くその家の人になっていくのだよ。お母ちゃんの介護は弟夫婦だけではできなかったろう。あんたは大いばりで堂々としていてよいのだよ」

と私の心に寄り添ってくれた。ササゲの芯を摘むアサおばさんのゴツゴツしたその手は、ササゲの美しい黄色や紫の花の中で美しく輝いていた。


母が寝たきり人形になって三年半の月日が流れていた。小春日の穏やかな初冬の朝、母はたくさんの人の手を十二分に借り切って、あの世へ旅立った。本当に安らかな、今まで見た中でいちばん美しい顔だった。死に目に立ち会えたのは、父と義妹だけであったが、ほっとする間もなく、借りていた介護ベッドは、介護業者さんが速やかに撤収し、母の遺体は慌しく母屋へ運ばれた。葬儀までは少し日にちがあり、姉の提案で、昔、母がよく作ってくれた鰹節がたくさん入った味噌味のうどんを作り、母を偲んだ。お母ちゃん、よかったね。本当に御苦労様でした。

母が亡くなって二日後には、新宿の気学のおば様が大往生。九十六歳になる夫君のおじ様が私に電話をくれた。

「ばあさん、死んじゃったよ」

これは、母の死よりももっと衝撃が大きかった。

母の葬儀の翌日、私は新宿に向かい、通夜に参列した。洋花で囲まれた祭壇の中の遺影、大都会のお寺には、たくさんの若い方がおば様を囲み洒落た空間が創り出されていた。

母は一介の農家のおばちゃんであったが、母の時も、本当にたくさんの方が集まってくれた。会場は自宅ではなく、葬儀専用ホールだった。私たち家族にも労《ねぎら》いのことばを皆かけてくれた。葬儀というものは、どう演出しようとも、故人そのものの生き方、人柄が滲み出てしまうものなのだとしみじみ感じていた。

母の死の約三か月前には、ササゲの芯摘みを教えてくれたアサおばさんも、急に亡くなっていた。私の中の喪失感は半端なかった。これから何を頼りに生きていったらいいのだろう。私は五十歳を目前にしていた。自分の人生、抜け落ちている破片ばっかりだ。何とかその穴埋めをしようと踠《もが》いていた。

介護の生活も終わり、本来の役所の仕事に勤《いそ》しんだ。長女は新潟の大学へ、次女は地元の高校へ進学したらしいと、婚家の近くに住む叔母が伝えてくれた。

私はその頃、パソコンの使い方も覚え始めていた。インターネットを検索し、試しに長女の氏名を入力すると、所属する大学名や学部名が出てきた。長女はブログを開いていたのだった。奇跡が起こった。長女が学業やサークルで頑張っている様子が見られて、嬉しさが込み上げてきた。娘らしい顔つきになり、私に見せたことのない笑顔の写真もあった。婚家からそして私から距離を置くことができてよかったのかと思った。伸び伸びしている様子が垣間見えた。

姉夫婦と姉の長男の甥が、新潟まで車で行くというので、私も便乗し、長女の通う大学まで廻ってもらった。新潟の地は、食べ物も水も皆おいしくて、ここなら長女も大丈夫、やっていけると安堵した。

母の法要も一段落し、仕事に明け暮れていた頃、職場のがん検診で精密検査要の判定が出て、近所の総合病院で大腸の精密検査を受けた。この検査は、人生観が変わるほど、恥も何も一気に消し去ってしまった。私の体には、初期の大腸がんが出来ていた。内視鏡で切除できたのだが、主治医からは、こんなにあっさりと告知されるのだ。人は必ず死ぬということを目の前にドーンと突きつけられた感じがした。

私は五十歳になっていた。確かに白髪は増え、疲れやすくなっていた。年齢のせい？　いや、真夏でもそれほど暑さを感じず、長袖で過ごしていた。

そして二年後、これも初期の子宮体がんがみつかった。その当時、私は地域の皆さんにがん検診を推奨する仕事に携わっていた。地域の皆さんに混じり、役所の職員も別用紙で子宮がん検診車というバスに乗りこんで検体を採る検査であった。子宮の入口（頸部）だけなのであるが、この検診、侮《あなど》れなかった。

私も最後の最後で、検診バスに乗って検体を採ってもらったのだが、検診結果は少しぶ厚い封筒の中に要精密と記されていた。精密検査が受けられる婦人科は、実家周辺には見当たらず、次女の通う高校のすぐ隣りの病院で精密検査を受けた。

「何でひっかかったんでしょうね」

私と同年代くらいの優しい医師は不思議そうに言った。私の親類はがん患者が多いこと、自分も二年前に初期の大腸がんを内視鏡で切除していることを述べ、強引に頼みこんだ。

「先生お願いします。まだ死にたくないんです。死ねないんです」

半年後、異形細胞が出現し、子宮体部の細胞を大きくかき取る手術を受けた。

「あなたの強引さでみつけられましたよ」

子宮の奥の方の体部にがんができていると話し、セカンドオピニオンを勧めてくれた。

有名な某大学病院の診察室に入り、医師の顔を見上げた時、何故か私は、大丈夫と確信した。その医師は圧倒的なオーラを放っていた。

「大丈夫、大丈夫。でもがんだよ。どうする？　どこで手術する？　でもここでは半年後にしか手術できないよ。その後までおくとわからないよ」

「先生、毎晩怖くて眠れないんです。できるだけ早くお願いします」

その医師は、その場から私の主治医にすぐ電話した。

「患者さん、君の病院ですぐにでも手術したいそうだ。私も相談に乗るから、どうだ、君がやってあげたら」

主治医の恐縮している様子が、私にも伝わってきた。それから一か月あまりで、次女の通う高校の隣の病院で早急に手術できることになった。

子宮と卵巣の全摘手術、周りのリンパ節も取る。手術を前にして家族に来てくれるようにと言われた。私は、姉の長男に一緒に説明を聞いてくれるよう頼んだ。彼はまだ独身。実家の農作業や古い家の手入れもよく手伝ってくれていた。忙しい姉夫婦に代わって、主婦のような役割も担っていた。頼りになる甥である。手術の承諾書や説明を聞く場に、夫の存在が無いというのは心が痛んだが、人生どうにか渡っていけるものだ。主治医に夫との経緯を簡単に告げ、了承してもらった。

四時間以上に及ぶ手術、十日あまりの入院生活を経て、主治医からはこう諭された。

「あなたの強引さが早期発見につながった。これからは好きなことをして生きましょうよ」


この手術のひと月前に東日本大震災が起こり、当時役所での仕事は、被災の処理業務が主になっていた。かつて経験したことのない日常が待っていた。水も電気も使えない中、まずは独居の高齢者の安否確認から始まった。屋根の瓦がどこの家も見事に落下、国道も、信号機の点滅もなく、瓦礫《がれき》が散乱する道路を運転するのは恐怖だった。

震災当日家に戻れたのは、深夜十二時頃だった。真暗な中、父が寝ずにろうそくの火を灯し待っていてくれた。火のない炬燵《こたつ》に、石油ストーブで沸かした湯で湯たんぽを作り、暖をとっていた。

疲れていた。身体は冷えていたが、布団に入り眠った。朝目覚めると、実家の古い家は、奥の方の廊下の天井が一部抜け落ちていた。

震災直後の私の業務は、被災した方への食事提供だった。地域の店舗も被災して、休業したり、営業を短縮したりしていた。電気もなかなか供給されず、水は自衛隊の給水車から供給してもらった。私の人生を応援してくれたボランティアさんたちも、自宅が被災しながらも、毎日交替で数百個のおにぎり作りを手伝ってくれた。お風呂にも入れず化粧もできない。運転するにもガソリンも入れられない状況でも、地域のために動いてくれる人がいる。地域の大きな財産だなと感じざるを得なかった。

手術を控えている私は、震災直後でも有給休暇を取り、手術前の自己輸血の採血をしていた。次女の通う高校隣りのこの病院も被災し、病院の手術室も一部損壊していた。採血の最中に余震が来て、採血針や医療器具がカタカタと鳴り響き、スタッフもその場を逃げるように離れた。私の体も診察ベッドから落ちそうになり、命はここで終わるかもしれないと一瞬怯《ひる》んだが、長女や次女にもう一度会うまでは死ねないと強く思った。

子宮と卵巣を全摘した後、経過をみるため一か月後に受診し、良好な状態であることを確認できた。待合室でその時偶然に義母を見かけ、私は恐る恐る声をかけた。義母はびっくりして一瞬狼狽《うろた》えたような表情をした。腰がかなり弱り治療に通っていると説明してくれた。婦人科と整形外科が隣り合わせの待合室、偶然だろうか？　ここ最近は婚家に出向くことも殆どなくなっていた。以前は、家の前で畑の農作業をする義母に顔を見せることもあったのだが、義母はいつも私に突き放すように言っていた。

「ここであんたと話をすると、息子や孫に叩かれる。早く帰って……」

私と夫が鉢合わせしないように気を遣いながら娘たちの様子はちらほら教えてくれていた。

義母も私も各々診察が済み、病院内の食堂で昼食を共にすることになり、義母の好きなとんかつ定食を注文した。

「お義母さん、お肉大好きだったもんね」

義母は長女が新潟の本屋さんか出版関係の会社に就職したこと、次女が仙台の大学に入り、二人とも頑張っていることを伝えてくれた。

「私があんたを追い出したんだ。ごめんね」

と謝ってくれたのだ。このひと言で、今までの私の恨みは、一瞬で病院の屋上の空の彼方へ飛んで行った。不思議な感覚だった。それとも私が馬鹿なのか？

「私が根性無かったんだね、お義母さん」

と返すと、

「そうだね」

とあっけらかんとひと言。もしかしたら義父が空の上から、義母と私を引き合わせたのかもしれない。義父の命日は間近だった。


私は次の診察日、診察が終わるやいなや、次女のいる仙台の大学に向かうため、新幹線に飛び乗った。仙台も震災がひどかったから、今行かなかったら会えないかもと強迫めいた思いがあった。仙台駅では、その大学の行き方を丁寧にガイドしてくれ、意外に早く大学に着くことができた。近くのカフェで軽い昼食を取ると、大学の構内は一般の方でも自由に散歩できますよとカフェの御主人が教えてくれた。

広い構内を散索し、受付を探していると、門から守衛さんが出てきた。次女の氏名

と事情を告げると、

「ああ、この学生さん、よく知ってます。夜遅くまで研究室で頑張っていますよ。会ってくれるかどうか聞いてみましょう」

と次女のいる研究室の近くまで案内してくれた。

「娘さん、会ってくれるそうですよ」

地獄に仏とはこのことか。守衛さんに出会えたのも奇跡であった。

大学での講義を挟んでのほんの数分、次女が私に近づいてきた。次女の声を聞くのは十数年ぶり。私にそっくりの顔立ちながら、眼鏡の奥から冷たい視線を投げ続けた。

「何で来たの？」

「あなたに会いたくてたまらなかったんだ」

それだけ交わしたようなほんの一、二分。

「あなたは頑張ってきたね、本当に。生まれてきてくれて、頑張ってくれてありがとう」

と感謝の気持ちだけは伝えることができた。それでも私の帰る姿を、次女は姿が見えなくなるまでじっと追っていたような気がしたのだが……。

守衛さんに深々と頭を下げ、礼を述べ、帰途についた。帰りの新幹線から見える夕陽はきらきらと輝いていた。

実家に帰り、次女に会ってきたことを報告した。仏壇に手を合わせた時、次女の顔の額の狭さと眼差しが母によくよく似ていることに気づき、DNAの恐ろしさ、血は争えないものとつくづく驚いてしまった。


その頃、職場である役所では、市町村合併と被災の処理で混乱を極めていた。職員の人員削減の空気も重く漂っていた。首長の元に私の退院の報告をしに入ると、

「そんな病気になりやがって」

と一瞥《いちべつ》された。手術後の免疫力の弱い体力、気力までも萎《な》えさせた。

自分は公務員には向かないのかもしれない。負け犬のように、遠吠えして虚しく時を重ねているだけだ。いつも何かのせい、誰かのせいにして悪口ばかり言っている人生なんて嫌だ!! 私の頭の中に『退職』という文字がちらちら出始めていた。

その後、私のがんの予後は良好で、免疫力を高める漢方薬を一日三回飲むのと、年数回ほどの検診だけで済んでいた。この漢方薬はまるでポパイのほうれん草のように、飲むとたちまち元気をくれた。

結婚当初がん保険に加入していた私は、受取人である夫の判子の必要性に迫られ、恐る恐る婚家の夫の元を尋ねた。夫は被災した屋根を直そうと屋根の上に登っていた。私は大声で判子を押してくれるよう頼み、書類を置いた。帰ろうとした時、夫は

「俺を笑いにきたのか？　娘二人にも出ていかれて……」

久々声を聞いた。義母の姿は見えなかった。

「それどころじゃないよ。実家だって大変だったんだ。仕事だってこんな時でも休めないんだよ」

と返すのが、私には精一杯だった。その後支払われた給付金は私の元には戻ってこなかった。

術後二年、役所を退職した私は、心を苛立たせることも少なくなり、身の回りの整

理や父と共に畑の農作業や庭仕事、たまにはアルバイトの仕事をして過ごしていた。庭の片隅には、ダイコンノハナがふさふさと繁殖し、半日陰のその場所は一面が紫色の花で埋め尽くされていた。

退職後半年あまり、父が腰が痛むと言い出した。病院受診を勧め連れていこうとしても一向に行こうとしない。やっとの思いで受診させると、父の胃はがんに冒されていた。手術はしたが、既に転移は始まっていた。退院後、父は病院受診を拒み、私や義妹や甥が力づくで連れていこうとしたが、頑として動かなかった。風呂にも入りたがらない。

「臭い人は世話してあげないよ。ほら、内孫も手伝ってくれるから、さあきれいになろうよ」

私は意地悪そうに入浴を勧めた。しかし父の肉体は、家の中の移動さえ耐えきれなかったのであろう。遂に在宅で医療や介護を受けることになった。

父は、自分の死期を悟り、在宅死を望んでいたのだ。私たちにその思いを伝えてくれれば良かったのに……。入院中、姉が勤務していた病院だったので、やれ対応が悪いなどの気持ちの行き違いから、この時は父と姉は疎遠になっていた。

父の在宅での介護は、母の時とは全くの別物だった。今回は短期集中型。一度は訪問入浴車に来てもらい、耳の奥まで本当にきれいになった。

父本人の意識はいたって冴えている。母はずっとチューブの栄養剤だったが、父は亡くなる前日まで口から氷で水分を摂った。父が懇意にしていた友が、栽培した西瓜を持って見舞ってくれた。その汁を絞ってジュースにし、与えたこともあった。私はまだパートの仕事をしていたので、それらの飲みものや氷状にしたものを発砲スチロールの保冷庫に準備しておき、訪問ヘルパーさんから父に与えてもらったこともあった。父はふらふらしながらも、トイレだけは、自分の力で出そうとオムツを付けさせようとしなかった。体の中のありったけの水分を、最後まで自分の力で出し切って、ポータブルトイレに座り排尿した。点滴の量もさほど多くないのに、これほどたくさんの尿が出るとは私も最初は驚いた。その尿も最期の頃はごくごく微かだった。父がよく言っていたことばを思い出した。

「人間、おしっこが出なくなったらそろそろ終わりだ」

訪問看護師さんが、死に向かう体の状態の変化や準備用品リストなど書いた印刷物をくれて、私に説明してくれた。その中に浴衣とある。私に父に似合いそうな柄の生成り色の浴衣を呉服店で買い求めた。帰ると、父は電動ベッドでなく、褥瘡《じょくそう》ができないように、エアーベッドで眠っていた。父は会話も辛そうだった。内孫である甥が、

「じいちゃんの傍に、俺が一緒に寝てやるよ」

と大きな体を父の横にくっつけた。父は手でイヤダイヤダと甥を追い払った。

亡くなる前々日の夜、父が突然私の腕にしがみついてきた。強い力、跡が残りそうなほどだった。あの世に連れていかれないように怯《おび》えていたのかもしれない。私は父に抱っこされたこともないので、ただ驚き、むず痒くさえあった。

「しっかりしなよお父ちゃん、大丈夫だよ」

と父の腕を振り払ってしまった。

「お父ちゃん、本当にこの古い家で、いちばん反発する娘に看てもらって良かったのか？　いちばんかまわなかった私に、最期を看てもらうなんてさ。お父ちゃんは私の

娘たちに、入学や成人式や結婚のお祝いも何もしてくれなかったよね。いい？　あの世へ行ったらね。私の娘たちだけでもいいから、必ずやずっと見守っていてくれるんだよ」

父は間を少し置き、一回だけ大きく頷いた。ひどいことばを死に行く父に浴びせてしまったと思った。母が介護状態になってから、父の身の回りの世話はほぼ私がこなした。この古い家の手入れ、リフォーム、農作業の手伝い、父の用事の車の運転、そして母の介護。私を十二分にこき使った。地域を良くするような土地改良等の仕事には尽力したが、家族や子供のために奔走することもなかったと私の目には映っていたのだ。お金にも縁遠い人だった。

しかし、この父の最期の頷きを見た時、私は初めて父を許せたような気がした。私を東京の大学で学ばせてくれたことは、本当に感謝している。

父が亡くなる前からパートの仕事に誘ってもらい、私のような子育てが上手くいかないお母さんたちと関われたことは、大きな収穫であった。『大丈夫。まあいいか』

という気持ちでねとアドバイスできるようになった。また非正規雇用の体験をすることで、かつての自分の立場は、実にたくさんの人に支えられていたのだとも気づく時間になった。

長女は結婚し、新潟の会社で働いていた。その会社が参加するお祭りが八月に開催されることを、長女のブログで知り、仕事を早退し、当日行って長女の顔を見てこようと計画を立てた。長女は会社でプロジェクトメンバーとして頑張っている様子だ。これはもう行くしかない。

私は仕事を朝十時に早退し、新幹線で大宮から新潟に向かった。宿は甥がネットで予約してくれた。大学時代からの親友が、長岡から新潟に駆け付け、駅で待っていて、お祭りに付き合ってくれた。暑くて長い一日だった。

長女が懸命に楽しそうにしている姿が見てとれた。長女の顔を見るのは何年ぶりだろう。職場の皆さんにも良くしてもらっている様子が窺《うかが》え、私はほっと安堵した。祭りが終了する頃、親友に促され、長女の近くに寄っていき、声を恐る恐るかけた。

「何で来たの？」

と長女は本当に驚いた表情で私を睨《にら》みつけた。あ、私の顔を覚えていてくれたんだ。

私は、

「あなたの顔が見たくて、どうしようもなく会いに来た。ごめんね。ありがとう」

これだけしか言えなかった。長女は早々に片づけをして、会社のバスに乗り込んでしまった。それでも私の心は十分に満たされていた。親友に礼を言い、駅まで見送った。また新潟の地を訪れてみたいと思った。


実家では父が亡くなり、庭や畑は荒れ放題。仕事から帰ると、私は草刈り鎌で雑草を取り、好みの花や野菜を育てながら、ゆっくりと時間を過ごしていた。お金にそれほど余裕はないが、心は穏やかであった。

そんなある日、管理栄養士の資格があるなら、山の中の精神病院で働いてみないかと、かつての役所の先輩上司からお誘いを受けた。面接し、採用してもらえることになったが、すぐに自分の考えの甘さが露呈した。私はまもなく還暦を迎えようとしていた。

　通勤は車で片道五十分。患者さんへの集団給食の栄養業務は、かなりの肉体労働だった。それ以上にパソコンを駆使する作業は、目も酷使した。医療現場は初めての体験だったこともあり、異種業種の職員とのやり取りには気を遣い、神経が音をたてすり減っていくような思いだった。自分も高齢化しているが、患者さんも職員も超高齢しつつあり、加えて人手不足の現状は日常茶飯事だった。

　毎日のように患者さんが亡くなっても、『退院』ということばで片づけられ、人間としての尊厳はどこへやら。料理ではなく、ドロドロの栄養剤を毎食与え、少しでも長生きさせて利益を得るのが今の医療なのか？　現代の給食はメーカーが加工したものをスチームコンベクションで温かくして供するだけ。献立はパソコン任せ。出るわ出るわ、プラスチックのゴミの山。ここでは、ＳＤＧｓということばは全く通用しない。折しもコロナ禍が始まり、衛生管理業務は益々厳しくなっていた。

　私は寝に帰るだけの毎日、昼の休憩も、業者さんの対応に追われる毎日。円形脱毛症がいくつもでき、腸閉塞で入院することもあった。

そしてついに、そのツケが膝に来た。突然ピッキーンという、かつて経験したことのない激痛が、私の左膝を直撃し、全身を駆け巡った。眼からは火花が飛び散った。何かに掴まらないと歩けなくなってしまっていた。近くの整形外科に受診するも、もっと大きな病院で診てもらってと、軽く受け流されてしまった。婦人科の通院はそろそろ卒業と言われていたが、消化器外科と整形外科と眼科の通院生活が始まった。パソコン漬けの業務は目にもかなり支障をきたし、帰宅時の夜の運転など身の危険を感じたこともしばしば。事務長から退職の勧告を受け、私は甘んじて応じることになった。二年十か月に及ぶ山越えの日々、ここでは、人生はひとりひとり皆すべて違うということを実体験できたように思った。生きる尊厳について深く考えられるようになったと思う。これからの私の人生、私らしく生きていこうと思いを強くした。

二十二歳で就職してから、食に関わる業務に広く浅く携わってきた。様々な立場や世代の方々に関わることができた。やれることは十分こなしてきたつもりだ。身体を痛めつけてまで仕事をしなくてもうよいのではないかと薄々感じ始めていた。悶々とした日々を経て、今、数軒の病院通いが仕事になっている。

そして昨年の暮れの夫の手紙、婚家の存続に関わるから籍を抜いてほしいと。そして次女からの手紙、慰謝料でも欲しいのですかと書いてあった。父が腑甲斐ないと。長女と次女で慰謝料を工面して支払うと。ああ、そういう風にしか考えられない人間になってしまったのか。私には怒りの感情さえ出てこない。馬鹿馬鹿しくさえ思えた。

それでも、初めて夫の本音を、この年齢になって聞くことができた。これ、これだ。私の三十数年の間待ち望んでいたものは。確かにここで私の籍を抜けば、次女の人生を前に進めてあげられるのだろう。

暮れの紅白歌合戦のトリは『桜坂』。この歌を一人で聞きながら、次女に返事を書いていた。

――君よずっと幸せに。風にそっと歌うよ。ウ～ウウウ、愛は今も愛のままで――

次女には、配偶者になる人と何でも相談して決められるように、二人でよく話し合って前に進めたらよいね。私の老後や死後のことについては、実家の甥たちにあとのことは頼んであるから、あなた方は決して私のお金など要求しないでねと。そしてあなたと姉は私の財産。財産は産み出すもの、創り出すものと私は思っていると書いた。

そして夫には、葉書で、百人百様の生き方があることを、この年齢になってやっとわかったと。ごめんなさい、とつけ加えた。

年明けて、一月初めの佳き日に、婚家の町役場に来てもらうようにして、当日の朝を迎えた。よく晴れた日の九時に、役場の前で次女と夫が別々の車で待っていた。二人とも私にうやうやしく会釈した。久々に見る夫の顔は、ほっと安堵していたようだった。まもなく古稀を迎える夫、小さくなった。次女は益々実家の母の顔つきに似てきた。

「結婚おめでとう」

と私が声をかけると
「ありがとうございます」

と冷ややかに答えた。離婚届を提出し、転出の手続など終了すると、次女は足早に勤務先へ向かう車に乗り込んだ。最後に私が

「がん検診は受けてね」
と声をかけると
「はーい」
と明るく答えた。義母の様子を聞くことができなかった。元夫も別方向に早々に消えていった。

私はその足で、父の妹の叔母夫婦の墓に向かい、籍を抜いた報告をした。あの叔母も約一年前、がんで呆気なくあの世へ行ってしまった。もうこの地に来ることも少なくなるだろうと、よく晴れた空を眺めた。感謝のことばを大声で述べ、午後には転入や保険証の手続きを済ませた。運転免許証や銀行や郵便局の住所変更などもその日のうちに済ませた。

仕事中心で生きてきてしまった私の人生。一旦その場から降りても、私の周りには庭や畑の仕事、古い家の片付けや家事が山のように待っていた。今まで手入れできなかった分、ワサワサに延び放題の雑草の蔓や樹木の枝を膝の状態に合わせ、少しずつ手入れする。以前のように膝は思うように動かないから、やれることは限られてくる。実家の土地も建物も、跡取りの弟が相続した。本来なら私は別の地に住んで、好きなことだけして余生を送るのがベストかもしれない。が、いかんせん、経済力・気力・体力が大幅に不足しているのである。

この古い実家の家や庭や畑の手入れや、家事をすることで、長いこと居候させてもらっている肩身の狭さを埋め合わせできていると思っているが、この先のことは誰にもわからない。姉夫婦や弟夫婦、妹夫婦、そして姪や甥たちにも多大な迷惑や心配をかけてしまうかもしれない。

私は婚家ではよくよくの嫌われものであった。私なりに十分に努力したつもりだったが、報われなかった人生。これから独り身をどう生きていこう。

ところで、今の私にとって幸せとは何だろう。どんな時に感じるのだろう。新しく近代的な住まい、素敵な洋服、きらびやかな装飾品、今の膝の悪い私には何もかも合わない。おいしい食べ物も、それほど量は入らない。皆、その時だけで、飽きてしまうだろう。この頃では、今までの無駄と思えた経験が生かされ応用できた時が、いちばん嬉しく、幸せだと思えるのである。どんなに苦く辛い経験も学びになるのだ。人生に無駄なことなどひとつもないと気づくことができている。

人生は1＋1＝2には必ずしもならない。0・5になるかもしれないし、3・5になることもあるかもしれない。最後の最後で辻褄が合えば最高だろう。

不測の事態は次々とやって来るから、普段から余力は蓄えておかねばならない。ないものねだりはしても、今の私には余計なエネルギーは使えない。自分に相応《ふさわ》しい『足るを知る』生き方を心がけようと思う。余ると余計なことを考える。その時間ももったいない。やれることは限られてきたから、自分の本当にしたいことのために、ひとつひとつ楽しみながら、前を向いて生きてゆこう。先は何十年もない。今こそ自分の心の中の時間旅行を楽しむのだ。

先日スーパーマーケットで偶然、三人の同級生を見かけた。食料品を山のように買う元銀行支店長、五割の力が保てれば絶好調だろうと言う、昔の生徒会長。そして十年前、大病をして私とすしランチをして慰めあった彼女。皆、前を向いている。私も踠きながら、逞しく前を向いて生きていこう。

若い頃は人と比べてばかりいた。他人の芝生が青く見えた。顔や体形がそれぞれ違うように、人生の歩み方も速さもひとりひとり異なっているのだ。

夫運もなく、子や孫との縁も薄い身の上だが、贅沢をしなければ、年金をいただいてどうにか暮らしていけるだろう。心配してくれる友も何人かはいるし、毎日の自然とのサバイバルが生きる勇気をくれるのだ。草や樹木が伸びて緑の葉や花をつけ、やがて枯れても朽ち果てても土に還り、堆肥となって次の代や他の生きものに繋いでいく。小さな虫や爬虫類などの小動物の命の営みも、その死骸が他の生きものの役に立つ。人間もそうだ。生態系の面白さを実体験した私は、この年齢になっても命の橋渡しならできるかもしれない。他人を恨んだり、人生を悔やんでも、もったいない。あのダイコンノハナも、素朴で逞しく可憐な花々をまた春になったら咲かせてくれるだろう。お義父さん、お義母さん、元夫のことを、その時は思い出すかもしれない。でも今、私は前を向いている。

膝は今のところ痛まず、周りの筋肉もついてどうにか歩けている。毎日の足上げ体操や短時間の畑や庭の作業が功を奏しているのだ。足腰も目も歯もメンテナンスは欠かせない。興味のあるテレビやラジオも視聴する。大きな活字の新聞も読む。そして考える時間も大切にする。検診や通院も忘れずに行く。そしてまた、自分の足や目を使って、東京の街を歩いてみたい。

二年前から、日記代わりに俳句づくりを楽しんでいる。朝焼け夕焼け、月の満ち欠け、星の位置、風や雨の音、匂い、雲の行方、草や葉の匂いや色づき、花のゆらぎ、虫や動物や人の営み、季節の移ろいの中で、私の中の内なる情感が、ふつふつと湧きあがってくる瞬間がある。生きていることに感謝する余裕も生まれてくる。

自分の子や孫を育てることは叶わなかったが、私の傍には何匹もの猫がいて餌を欲しがって私の足下にまとわりつく。仕方ない。抱っこして餌をあげるか。私を頼りにしているのだもんね。ありがとう。今まで不運かもしれなかった私の人生。今、その苦く厳しい体験があったからこそ、誰のものでもない私だけの人生を飄々《ひょうひょう》と生きられるよ、と呟いている。

完

著者プロフィール

菅谷 寛子（すがや ひろこ）

1958年、茨城県生まれ
好きな色は暮れなずむ夕焼けの色。
今日を精一杯生きて、明日はまた来ると思えるから。

ダイコンノハナ

2025年1月15日 初版第1刷発行

著 者 菅谷 寛子
発行者 瓜谷 綱延
発行所 株式会社文芸社
〒160-0022 東京都新宿区新宿1－10－1
電話 03-5369-3060（代表）
03-5369-2299（販売）

印刷所 株式会社晃陽社

ISBN978-4-286-25993-2